KB272556

좋은 사람은 가슴에

담아두어도 좋습니다

좋은 사람은 가슴에 담아두어도 좋습니다

펴낸날 2025년 4월 23일

지은이 백홍수
펴낸이 주계수 | **편집책임** 이슬기 | **꾸민이** 이해린

펴낸곳 밥북 | **출판등록** 제 2014-000085 호
주소 서울특별시 마포구 양화로 156 LG팰리스빌딩 917호
전화 02-6925-0370 | **팩스** 02-6925-0380
홈페이지 www.bobbook.co.kr | **이메일** bobbook@hanmail.net

© 백홍수, 2025.
ISBN 979-11-7223-074-6 (03810)

| 밥북 기획시선 40 |

좋은 사람은 가슴에 담아두어도 좋습니다

백홍수 시집

밥북

살아가면서 많은 이들을 만나고 헤어지고

그중 어떤 이는 그냥 스쳐 지나가고 어떤 이는 마음 깊이 남아

오래도록 가슴 안에 머물고 있습니다.

멀리 있어도

오랜 시간이 흘러도 그 따뜻함은 기억 속에 남습니다.

한마디 말의 위로와

한순간의 눈빛으로 마음이 전해지는 그런 소중함을 만나서

마음에 담을 수 있고 누군가의 가슴 속에 머물 수 있다면 참

으로 감사하고 행복할 것입니다.

인생 살아 가면서

좋은 사람 하나쯤은 가슴에 담아두어도 좋을듯 합니다.

2025년 4월

백홍수

차례

안개, 꽃비를 부르다

비와 장미

빗속에 장미꽃이 피었다.

언제나 붉은 열정을 드러내며
아름답게 피었구나.

비가 내릴 때마다 장미꽃 잎새로
물 망울의 순수함을 간직한 채
비에 젖은 장미는
너의 아름다움으로
젖어있는 내 마음에 따뜻함을 주었다.

꽃잎에 비친 하얀 물결이
빗방울에 감싸 안아
애틋한 추억과 아련한 아픔을
함께 꽃잎에 타고 내려온다.

비가 오면 장미의 가시
꽃잎에 젖어 아픈 이를 위로하고
비를 담은 장미의 향기는
빗소리와 함께
너에게로 보내진다.

        좋은 사람은 가슴에 담아두어도 좋습니다

안개, 꽃비를 부르다

봄이려나.

새벽 비와 함께 내리는
구름인가
산 너머 하늘 아래 내리고
바다 건너 저 멀리서 내린다.

잘게 부서진 가녀린
안개비가
흐드러진 들꽃에게
생기를 주고
자유로운 영혼을 주었다.

안개가 깊어지는 날에는
꽃비가 바다로 간다.

안개는
꽃비를 부른다.

첫눈이 오면

초겨울 이맘때 즈음에
하늘은 찬 기운을 잔뜩 품어
첫눈이 내리겠지요.

뽀하얀 눈이 하늘을 타고 내리면
무척이나 생각이 나
넌지시 나만의 눈꽃을 보냅니다.

첫눈에 불그스름함이
나의 마음을 빼앗아 가버리고
그대는 어느새 내 손 안에서
따뜻함으로 남아 있습니다.

추워지는 겨울의 가냘픈 미소로
잔뜩 웃고 있을 그대

첫눈이 오면
포근함으로 감싸 안아
하이얀 눈송이 꽃을 피웠습니다.

당신에게 난 항상 따뜻함이고 싶습니다

이른 아침 동이 터 오르면
나뭇잎 새로 맺힌 이슬방울처럼
맑은 당신의 하루를 위해
고운 햇살이 되겠습니다.

밝게 빛나는 태양이
온 세상의 겨울을 포옹하듯
따스함의 온기를 가득 담아
보듬어 주고 감싸 안으며
당신이 가는 길 따라 비추어주는
포근한 햇살이 되겠습니다.

오늘도
당신에게 난
항상 따뜻함이고 싶습니다.

나비가 되어

들녘에 피어있는
꽃들 중에 아름드리 꽃이
방긋 웃고 있다.

살랑거리는 바람결 따라
줄무늬 나비 한 마리
살포시 내려앉았다.

오늘은 나비가 되어

아름 꽃으로 피어있는
너에게로
날아가련다.

꽃을 피운다

너의 마음 안에는
따뜻함이 있어
그 마음이
나를 감싸 안아주고

너에게 있는 기쁨이
바람을 타고 날아서
나에게로 오면

너 안에 간직한
나의 그리움과

내 안에 담겨진
너의 그리움이 만나

아름다움의 꽃을 피운다.

내 마음의 꽃

내 마음 안에
당신이라는 꽃이
피었습니다.

나의 깊숙한 내면에
당신이 들어오면서
아름드리 피었습니다.

당신은
내 마음의 꽃입니다.

풀피리

풀피리 소리 나는 부둣가에
살포시 앉으면
수평선 아래로 떠오르는
님의 모습

하이얀 담배 연기
갈매기 비상에 날고
님을 향한 마음은
그칠 줄을 모르네.

사랑에 겨워 떠나버린 님 부르는
풀피리 소리
피릭 피릭 피리리릭
나도 따라 부르네.

님 그리워 부르는 풀피리 소리
바다 향 가득 담고
님에게로 흐르네.

좋은 사람 하나 가슴에 담아두고

봄이 되면 나무를 심듯
내 가슴에 좋은 사랑 하나
심어 놓았습니다.

따스한 햇살 아래 새싹이
방긋 살아 숨 쉬듯
가슴 안에도 사랑의 싹이 되어
당신을 향해 피어나는
사랑의 나무가 되었습니다.

당신은
나에게 좋은 사람으로 남아
세상의 꿈을 주었으니
좋은 사람 하나 가슴에 담아두고
살아가렵니다.

좋은 사람은
가슴에 담아두어도 좋습니다.

아직은 오지 않는 달

고요한 바람결에 스치고
깊어가는 어두움은 지나가도
하늘의 밤이 고요함으로 깃들어도
기다리던 달은
아직은 오지 않는다.

별빛마저 희미해지는 밤
바람 소리 서늘한 어둠에
저 멀리서 조용히 떠오를 달을
지금은 고요한 어둠이 감싸고 있다.

밤의 정적 안에서
어둠이 길어질수록
기약 없는 기다림은
외로움만으로 가득 차지만
아직은 달은 오지 않는다.

꽃보다 별보다

꽃이 아무리
예쁘다고 하여도
당신보다 더
예쁘겠습니까.

별이 아무리
밝게 빛난다고 하여도
당신보다 더
빛이 나겠습니까.

당신은 예쁜 밝은
빛과 같은 사람입니다.

너의 향기

너의 향기가
봄바람을 타고
살랑살랑
불어온다.

그 바람 따라
너도
나에게로
오겠지.

오는 너를
기뻐하며
기꺼이
맞이하련다.

기억에 담은 사랑

항상
기억에 담고 싶은
사랑이 있습니다.

누구나 자신의 마음 안에
고이 담아 간직하고
싶은 사람이 있겠지요.

잊혀지지 않고
오래도록
가슴 안에
담아 두고 싶은
사랑이
바로 당신입니다.

파도

그대가 있는 영혼의 계곡으로
부푼 기대를 한 아름 안고
한 걸음씩 나아간다.

이내 외면해버린 파도, 너마저
나의 치부를 받아들이지 못한 채
잔인한 표정으로 돌아섰다.

한탄할 수 없는 그 무엇이
나로 인해 슬픔이 되어버린 순간
한 조각의 설움으로
긴 밤을 보내야 한다.

파도는 오늘도 밀려드는데.

너를 보다

꽃은
예쁘지만

꽃을 보는
너는 더 예쁘다.

나는
꽃을 보는
너의 곁에서

꽃보다 더 예쁜
너를 본다.

바다로 간 갈매기

고요한 물빛 햇살 아래에서
물결 따라
유유히 날갯짓하는 갈매기 홀로
높은 절벽의 끝자락에서
바람을 타고
푸른 바다를 향해 날아오른다.

조용한 그림자를 드리우며
자유를 찾아 떠나는 것일까
님을 향해 떠나는 것일까
하늘과 바다가 맞닿는 그곳으로
흰 날개를 펼친다.

바람을 타고 바다로 간 갈매기
넓은 바다 하늘 높이 날아오를 제
깊은 바다의 속삭임과
바다 물결 음률에 그리움을 싣고
날아오르는 너의 길 위에
나의 마음도 실어 보낸다.

너는 이미 충분히 예쁘다

산 들녘에
아롱지게 피어있는
꽃보다
너는 더 예쁘다.

밤하늘 저 높이
떠 있는 반짝이는
별보다
너는 더없이 예쁘다.

새벽 안개 진하게 쌓이고
그 안에서 피어나는
안개꽃보다
너는 한없이 예쁘다.

너는 내 안에서
이미 충분히 예쁘다.

마음에 담은 시

그대는
피어나는 작은 꽃망울처럼
착하고 어여쁜 사람입니다.

가녀린 웃음꽃 깃든 미소는
나의 마음을 맑게 해 주었고
달콤한 눈빛과 따뜻한 손은
나를 포근히 감싸 주었습니다.

변하지 않는 영혼의 순수함으로
나에게 보내어진 마음의 소리는
귓가에 은은하게 스미어들어
그대만의 예쁜 시가 되었습니다.

난 당신과 함께한
소중한 시간들에 감사하며
마음에 담은 나만의 시를
그대에게로 보냅니다.

너에게로 가고 싶다

너의 다정한 말
한마디가
나의 가슴을
따뜻하게 해 주었고

나를 생각해주는
너의 그 마음이
내 심장의 빛이
되어 주었다.

나의 작은 사랑이
너에게로 다다라서
너의 가슴에도
한 줄기 빛이
되었으면 좋겠다.

하루 또 하루
너의 지친 마음을
감싸 안아 줄 수 있게
사뿐히 사뿐히
너에게로 가고 싶다.

좋아하는, 사랑하는

좋아하는 사람 앞에서는
늘 가슴이 두근거리고
사랑하는 사람 앞에 서면
심장은 꿈틀거리며 요동친다.

이런 마음이
얼마나 커져만 가는지
알 수 없는 사이에
더욱더 깊어지고만 있다.

좋아하는 것과 사랑하는 것이
어떤 차이인지는 모르겠지만
좋아함으로 인해
사랑하게 된다는 것은 알았다.

2부

님을 위한 배려

그대 그리운 날 1

찬바람이 더해지는 오늘
떨어진 낙엽은 산모퉁이
어느 한적한 곳에
외롭게 남아있다.

가을이란 이름으로 남아있는
계절 앞에 선 그대
나의 그리움으로 다가와
외로움을 달래준다.

그대 몹시도 그리운 날
하늘은 푸른빛으로 물들고
아카시아의 진한 향기를
그대에게 보낸다.

    좋은 사람은 가슴에 담아두어도 좋습니다

그대 그리운 날 2

쪽빛 바다 향이 그윽한 날에는
보고픈 그대가 그립다.
살랑이는 바다 물결의 푸르름을
내 안의 진한 그리움으로 담아
그대에게로 보낸다.

물푸레 진한 향이 갸륵한 날
벚꽃 같은 수줍음의 그대가 그립고
순백한 영혼의
애잔한 눈빛의 그대가 그립다.

물안개 살포시 내려앉은
물풀들의 속삭임 사이로
생그러니 피어나는 그대의 기억

잔잔한 가슴에 파동이 치는 날에는
물 망울의 그대가 몹시도 그립다.

사랑함에 있어 당신을 위함입니다

사랑함에 있어
내가 당신을 그리는 것은
당신이
내게 주신 그리움을
오래도록 간직하여
잊혀지지 않기 위함입니다.

기다림이 있어 길어질수록
사랑의 무게가 더 하듯
내게 오시는 당신이
담아 갈 수 있는
깊은 사랑을
작은 공간에 모아 두었습니다.

지치고 힘들었을 당신에게
내가 담아 줄 수 있는 건
시간을 더해 모아 둔
무한한 사랑과
진실한 마음입니다.

그것은
사랑함에 있어
당신을 위함입니다.

가슴에 담고

라일락 향기처럼
은은한 향을 가진 그대는
환한 예쁜 미소를 가졌습니다.

부담 없는 편안함과
포근함을 담은 그대에게서
시간이 지나도 변하지 않을
고운 마음을 보았습니다.

살포시 쌓인 하얀 눈 위에
즈려밟는 발자취를 남기듯
애틋함에 바라보는 나를
그대의 가슴에 담고
좋은 기억으로
간직하였으면 합니다.

보고픈 그리운 날에

그대가 보고픈 날에는
하늘을 봅니다.

별빛 밤하늘 아래
어딘지 있을 그대에게
바람 따라 내 마음을
띄워 보냅니다.

낙엽에 쌓인 눈이 바스락거리고
그대에 대한 그리움이 더하는 날
하얀 마음을 가득 담아
그대만을 위한 시를 씁니다.

그대가 보낸 나만을 위한
잔잔한 미소가
몹시도 그리운 날에.

잊혀지지 않을 사람

힘들어하는 모습에는
따뜻한 말 한마디로 위로해 주고
슬픔에 잠겨 있을 때는
같은 표정으로 다가와 준 사람

나에게 따뜻하게
손을 잡아주고 안아주며
어깨를 기꺼이 빌려주는 사람

기뻐하는 날에 곁에서
사랑하는 이의 숨결을
느끼게 해주고
마냥 즐거움의 표정 앞에서
함께 웃어주는 사람

이렇게 더욱 사랑하고 싶은 당신은
오래도록 가슴에서 잊혀지지 않을
그런 사람입니다.

동악산에 오르다

곡성 동악산에 오른다.
도인들이 숲을 이룰 정도로 많다던 도림사에는
산기슭 어느 자락에 숨었는지 도인들은 없었다.

기와 이는 아재와 얇은 눈가의 미소를 가진
경운기를 끌고 가는 아재, 따라 산향에 취해
뒷전엔 어느새 한 무리가 올라탔다.

아직 개발이 덜 된 산자락엔
가지마다 길 따라 너풀거리는 표식들
○○일보 산악회, ○○은행 산악회…
꼬리를 물었다 요산요수樂山樂水 로다.

동악산 줄 따라 사선을 그리고
선바위 골목을 지나 형제봉 꼭대기에
맞잡은 님의 손등엔 짜릿한 전율이 흐른다.

누가 물꼬를 텄는지
할매 할배 타는 산줄기에 대단도 하더라.
7년 만에 핀다던 엘레지
여인의 손끝에 걸렸구나 그립다 여인이여
물이 흔들린다. 살갗이 투명한 물이
무색의 튜브 안에서 온갖 역동적으로 흔들리다.

돌부리에 바위 머리에 살갗이 다 해지고
너의 내피는 무르고 동악산 개풀의 어적거림에
너의 외피는 이미 문드러졌다.

계곡 바위 암자에서 트럼펫을 부는 아저씨
흐드러지듯 계곡 자락 타고 바람결 따라
벚꽃 잎은 날려 한 사발 황홀주에 앉았다.

아침에 내리는 비

이른 아침에 가녀린 비가
내립니다.
당신의 촉촉한 마음을 달래주려고
이렇듯 내리고 있네요.

나의 여린 그늘에 잔뜩 흩뿌려진
가냘픈 늦은 봄비가 바람에 날리어
당신의 어여쁜 볼에 살포시
스쳐 갑니다.

살며시 눈을 띄운 새벽의 소리는
차창 가의 빗줄기와 함께
당신의 고운 눈빛으로 흐르고
나는 애틋한 당신의 마음을 받아
곁에 두었습니다.

당신으로 인해
나는
기쁨이란 걸 알았습니다.

님을 위한 배려

세월이 지나도
잊혀지지 않으려고
기억에 담아 두었습니다.

시간이 지나면
지워질 수 있기에
그러지 않으려고
가슴에 남겨 놓았습니다.

나보다 더 좋은
님을
내 마음 한편에
고이 간직하였습니다.

꽃을 보듯

오래 보아도 좋고
잠깐 보아도 좋다.

오래 만나도 좋고
자주 만나도 좋다.

보는 것만으로도
좋고
만나는 것만으로도
좋다.

꽃을 보듯
당신이 그냥 좋다.

봄을 내리는 비

한동안 잠에서 깨어나고 싶었다.

몇 달간의 기나긴 차가운 동굴에서
동면을 하는 아기 곰처럼
자아의 허덕임을 잊은 채로
의식 없이 지내다 깨어나고 싶었다.

바위틈 사이로 촉촉 떨어지는 방울 소리
한 모금 받아 수분을 섭취하고
빗소리의 불규칙적인 음률을 느끼며
이제 서서히 눈을 떠 볼까나.

동굴 밖에는 찬 서리 진한 한기가
잔뜩 주변을 감싸고 있구나
온통 흰 빛의 경사로를 타고
한 방울씩 떨어지던 빗물은
금세 다듬이 소리로 변했다.

이젠 억압에 짓누르던 몸을 일으켜
빗소리 들어오는 틈새를 향해
봄을 내리는 비를 따라
서서히 걸어가 볼까나.

여름밤

살며시 내려오는 별빛 따라
창문을 두드리는 서늘한 바람에
살포시 나뭇잎 사이로 전해주는
가녀린 여름밤의 속삭임은

풀벌레의 합창 소리에
달빛의 은은함에
어둠 속에서도 낮의 열기를 담아
밤공기의 훈훈함과 고요함이 더욱 깊어진다.

눈을 감으면 들리오는 여름밤의 향연
마음속 깊이 스미어오는 평온함으로
지친 하루의 끝을
이 밤의 품에 안겨 쉬고 싶구나.

여름 밤하늘의 달과 별들은
저마다 여름날의 기억들을 품고
이 순간의 이 여름밤 안에서 함께하고 있다.

가을의 밤 1

가을 밤하늘 달빛 아래에서
속삭이는 당신의 눈빛
그리고 은은한 목소리
당신은 아름다운 사람입니다.

가로수의 낙엽들은
어느새 노란 붉은색으로 변해가고
깊어가는 가을의 밤
당신의 숨소리에 긴장한 별빛은
놀라 더욱 반짝입니다.

가로등 불빛의 선율이
당신의 그림자 사이로
사랑의 음률을 띄우고
이 가을의 밤을 노래합니다

가을 그리움

마치 국화인 양 다가오는
가을 향의 하얀 구절초는
순수한 그대의 향기입니다.

새벽의 진한 안개비가
하늘의 구름을 모아오고
스치는 가을바람을 따라 그리움은
어느새 다가왔습니다.

가을은 그렇게 그리운 계절입니다.

푸르른 하늘의 고운 정기가
먼 산 중턱 가지 너머
은연한 갈색 무리를 만들어
그토록 그리운 그대를 생각나게 합니다.

포근함으로 감싸는 그리움의 가을은
이렇듯 서서히 저물어 가고 있습니다.

     좋은 사람은 가슴에 담아두어도 좋습니다

가을 어느 날

삶의 인연 속에서
너를 만났다.

그리고
가을이 왔다.

가을은
너를 생각하게 하고
그리웁게 한다.

가을 어느 날

너를
낙엽에 잔뜩 새겨
보낸다.

가을의 노을빛

저 하늘 노을빛에
너를 담았다.

짙어가는
저녁노을에 깃들어
가을의 빛을 품에 안아
너에게 띄운다.

이렇듯
깊어지는 가을날
그리웁고 보고픈
너를

밤하늘 노을 녘에
그려본다.

가을의 끝자락에서

이제 가려고 하는구나.

그다지 길지도 않은 시간 동안
곁에 머물다가 더 있고 싶어 하니
차가운 바람을 남기고 떠나려 하네.

아직 조금 더 남아있는 이런 계절에

낙엽 떨어진 가로수 길을
손을 맞잡고
너와 함께 걷고 싶다.

또 오랜 시간을 지나야 다시 오겠지.
그때까진 기다려 줄게 가을아

다음에 오는 계절엔
너와 함께 걸었던 가로수 그 길에서
나를 향해 웃고 있는 너를 보았으면 좋겠다.

가을이라는 이름의 비

소록소록 가을의 비가 내린다.

얼마나 많은 시간이 지나서야
적시는 낙엽 빗물 방울에
너의 얼굴이 그려졌다.

미풍의 가을바람과 함께
비 내리는 창가로
가녀린 빗줄기를 그리며
한없이 흘러내린다.

이젠 겨울이 다가오겠지.

늦은 가을의 내리는 비가
너와 함께 나에게로 왔다.

가을이라는 이름의 비가.

3부

불 꺼진 창

첫눈처럼 다가온 당신

기나긴 시간 동안의
설레는 기다림에
당신은 첫눈처럼
나에게 다가왔습니다.

보면 볼수록 좋아지는
당신이기에
변하지 않는 한결같은
마음으로 바라봅니다.

뽀송뽀송 흰 눈처럼 맑고
하이얀 눈송이를 닮은
당신은
눈꽃으로 피었습니다.

사랑스런 눈꽃을 한 아름 모아
포근하고 부드러운
당신의 마음을
꼬옥 간직하겠습니다.

가슴에 내리는 비

내 가슴에도
비가 내립니다.

보슬보슬 머물러 있던
그리움의 빗물은
애틋함으로
흘러내리고

빗줄기 따라
그대를 향한
사무침의 그리움은
더해만 갑니다.

그대가 있어

추운 겨울날
따뜻한 커피 한잔
같이 해주는
그대가 있어

농담 한마디에도
아무렇지 않게
웃어주는
그대가 있어

기쁜 슬픈 이야기
들어주며 위로해 주고
기꺼이 손을 잡아주는
그대가 있어 좋습니다.

백도, 영혼의 섬

아지랑이 봄 내음이 피어오르는 새벽 바닷길
포말을 일으키며 배는 물살을 하얗게 가르고
미풍 속 물결의 유연함과 해풍의 미묘함에
바다 향을 간직한 채 미로의 선상 위에 선다.

동녘 끝 선을 타고 노오란 몽우리 떠오르면
가녀린 해무 사이로 드러나는 하이얀 영혼의 섬
돌이 되어버린 백 명의 신하들은
비색으로 둘러싸여 비경의 세월을 지내왔다.

후박나무 위의 흑비둘기는 고독한 자로 남아
님을 향한 외로움을 노래하고
슬픔을 간직한 사랑이 섬 주위를 감싸 안으면
어느새 내 마음은 외로운 영혼의 섬이 된다.

인적 없는 홀연 등대만이 불을 밝히면
시나브로 모여드는 외로운 영혼의 발길들
머물러 섬에 한 조각의 징검다리를 놓아
외롭지 않을 슬픈 사랑을 위로한다.

그대의 별

세상의 수많은
별들 중에
그대의 별 하나

밤하늘에
찬란히 빛나는
반짝이는 별 하나

내 마음에 담아

오늘도
그대의 별을
본다.

가을의 밤 2

석양이 지는 때에
달 구름이 지나가고

짙어만 가는
고요의 소리는
부드러움과 아득함에
이 가을의 밤이
깊어만 집니다.

낙엽의 부스럭거림이
회상을 기억하듯
가을이라는 바구니에
그리움을 담았습니다.

가을이 깊어질수록
당신을 향한 그리움
또한 깊어집니다.

어느 겨울날의 밤하늘은

어둑한 겨울의 밤하늘은
유난히도 푸르른 저녁 빛으로 가득하고
저 멀리서 보이는 이름 모를 별들이
반짝이다 잠시 숨어든 자리에는
달빛이 어둠을 지키고 있었다.

근처 공원 벤치에 살며시 앉아
겨울 밤하늘을 바라보며 달빛 속에
비치는 너의 모습을 그려본다.

호수 공원의 연등이 물빛을 그려내고
낙엽 지난 가로수는 앙상한 가지만 남아
이 겨울밤에 자신을 감싸 안아줄 첫눈을
기다리는 듯 마냥 하늘만 쳐다 보고 있다.

이렇듯 어느 겨울날의 밤하늘은
연한 갈색의 구름 섬들로 채워져 가고
내 가슴에는 그리움으로 물들어간다.

안개꽃 비

하얗게 내리는
비의 흐름이

창문 너머로
안개꽃 비를
만들었다.

소록한 빗망울이

여린 눈가에
고이 맺힐 때
즈음
얕은 바람은 불어와

가녀린 바람비는
나에게도
내렸다.

사랑이라는 그 이름 안에서

그대의 순백한 아름다운 마음과
수줍은 듯 하얀 순수함을
내가 가져가겠습니다.

은은한 미소의 밝은 웃음과
부드러운 듯 달콤함도
내가 가져가겠습니다.

그대만이 가진 진한 내음과
행복함을 담은 가슴 안에
활짝 핀 꽃의 향기도
내가 가져가겠습니다.

사랑이라는 그 이름 안에서 나는
그대의 애정과 설렘의 표정도
모두 가져가

내 가슴 안에 깊이 담아 두고
보고프고 그리울 때
살짝 꺼내어 보겠습니다.

그랬으면 좋겠습니다

떠오르는 햇살에
노오란 물빛이 비추고
하늘의 푸르름이 오르듯

나의 마음에도
잔잔함이 고여 있으면
좋겠습니다.

꽃을 보면
마냥 좋은 것처럼
눈가에 흐르는 운율은
참 좋은 꽃이 되고

길가에
작은 풀잎에 맺힌 이슬은
물망울 져 그 안에 비추고

나는
꽃으로 가득하니 남아

그렇게 그렇게
그랬으면 좋겠습니다.

좋은 사람

맘 그리울 때
그리운 사람

내 그리울 때
그런 사람

그리는 마음에
들어온 사람

그런
좋은 사람

오직 그대

너의 미소는

아름드리 좋은 향의
너의 미소는
한없이 진한
행복한 기쁨이다.

언제나 변하지 않는
꽃처럼
너만의 그윽한 눈망울은
향기 가득한 사랑이다.

이내 달달한 보름달처럼
둥그러니 맑은 미소 안에
숨 쉬고 있는 나만의
그토록 기다리던
하얀 너를 만났다.

함께

어느새
그 많던 낙엽들이 떨어지고
추운 겨울이 다가왔다.

계절이 지나도 한결같은 마음으로
곁을 지켜준 그대

이번 겨울에는
하얀 눈이 많이 내려
소복이 쌓인 눈을 바라보는
기쁜 모습의 그대였음을

찬바람 불어 눈 내리는 추운 겨울에
온화한 그대와 함께
포근하고 따스함을 모아

내 소중한 그대의 겨울도
나로 인해 따뜻했으면 좋겠다.

불 꺼진 창

여느 때와 같은 자리 있는 그곳에
있을 그대를 보고파서
그댈 위한 시 하나 고이 곱게 접어
그대 향기 버금가는 나의 향기를 뿌리고
그대 날 반길까 어여쁜 미소 지으며
어디 가 볼거나 지금.

가는 길이 너무 지쳐 힘이 들 때면
하얀 연기 마시며 어디 쉬었다 갈까
길모퉁이 돌면 있을 그대
마음속 깊이 간직하며
한 걸음씩 나아가고.

난 다시 되돌아선다.

불 꺼진 그대 자리는 멀어져만 가고.

내 아름다운 사람

어느 날에
소리 없이 곁에 다가와
좋은 친구가 되어 준 사람

언제나
나에게 힘이 되어주고
힘들 때
나의 손을 잡아 준
가슴이
하늘같이 따뜻한 사람

그렇게
가까이 와 준 당신은
행복한 표정과 배려를 가진
내 아름다운
사랑스러운 사람입니다.

고운 빛

오늘도 햇살은
곱게
빛이 난다.

두둥실 너의
어여쁨에 스미는
달달한 기운이
빛이 되었다.

난 그 빛에 물들어
오늘도
수줍음에
너에게로 간다.

새벽녘 버스를 타고

기다림이 있어 좋습니다

어느 여름날의
시원한 빗줄기 내려오고
계곡 사이로
물 내음 흘러내릴 때
나에게로 다가오는
기다림이 있어 좋습니다.

가을 햇살의 찬란함이
분홍빛으로 물들어 갈 즈음
떨어지는 낙엽을
지그시 밟고 거닐 때
나의 가녀린 선을 보고픈
기다림이 있어 좋습니다.

짙은 푸름이 하얀빛으로 변하고
서늘함의 하늘가에
차가운 바람이 볼을 감쌀 때
오직 한 곳만을 바라보는
기다림이 있어 좋습니다.

아롱지는 봄날의 따스함이
꽃을 피우고
새벽 찬 서리의 기운이
내 맘 속에 녹을 때
기대감에 날 반겨줄
기다림이 있어 좋습니다.

새벽녘 버스를 타고

지난 간밤에 차를 어느 곳에 둔 탓에
이른 새벽 첫 버스를 오랜만에
타 보았다.
81번 버스는 모퉁이를 순식간에 돌아
정거장에 도착하고
아침 장을 보려는 아주머니와 같이 탄다.
몇 정거장을 지나니 연일 때처럼 타고 다니시는
어르신이 동승자에게 왜 이리 늦었어
빨리 와서 차를 기다려야지, 라며 나무란다.
버스에서 내려 걷는 주위에
불빛 받는 낙엽송이 예뻐서 사진을 찍었다.
낙엽송에 그대에게 마음이나 전해볼까
매일 가던 그곳에 도착하니
낮게 드리운 안개가 반짝이고 있다.
아직도 새벽의 불빛은 꺼지질 않았다.

     좋은 사람은 가슴에 담아두어도 좋습니다

나는 그대가 좋다

나는 그대의 미소가 좋다.

곁에 있는 그대이기에
생각나게 하는 그대이기에
그냥 그대로 좋다.

나는 그대의 향기가 좋다.

향긋함의 그대이기에
내가 바라보는 그대이기에
그냥 그대로 좋다.

나는 그대가 그냥 좋다.

커피 향 진한 날에

뜨거운 커피 한잔으로
마음이 따뜻해지는 그런 날에
진한 커피 향 내음은
그대와 함께 한 시간을
생각나게 합니다.

하늘 아래로 뭉게구름이
서서히 내려오는 가녀린 날에
한 모금의 커피 향은
그대의 짙은 향기를 대신하고
같은 곳 같은 자리에서
그대와의 좋은 날을 회상합니다.

햇살 따스한 어느 카페에서
흐르는 감미로운 음악 소리는
커피 한잔의
향긋함을 그리는 사랑스런
그대의 모습을
내 기억 안에 머물게 합니다.

추상

보이지 않는 곳에서
무언가를 찾아 헤매이는
작은 영혼의 소리인가.

먼 산 너머
멀리서 들려오는
철 지난 메아리처럼
무심코 지나가는 생각들이
어디로 가야 할지 길을 잃었다.

잡히지 않은 바람의 소리와 흐름에
생각이라는 틈을 만들어
그 안에 선을 그려본다.
그리고
지난 기억을 되살려 본다.

그립도록 보고 싶은 그대

그대가 그리운 날
한 줌의 바람이 스쳐 지나가면
바람결 따라 그대의 향기가
내 볼 사이에서 젖어있네.

그렇게도 보고 싶어지는 날
차 창가에 흐르는 빗줄기가
그대의 고운 얼굴을 그리며
내 가슴 안에 흐르네.

그립도록 보고 싶은 날에
그대를 한없이 그리워하네.

    좋은 사람은 가슴에 담아두어도 좋습니다

그 사람이 그립다

보고 싶다
그 사람이 보고 싶다.

그립다
그 사람이 그립다.

보고 싶고
그리운 그 사람이.

오늘도 나는 당신의 기쁨이었으면 좋겠습니다

기나긴 밤이 지나고 아침이 되었습니다.

새벽안개는 밝은 날을 예감한 듯 더없이 진하고
떠오르는 태양은 찬란하게 빛이 납니다.

그리고 어느새 그 빛은 당신의 눈가에
가득 고여있습니다.

오늘도 나는 당신의 기쁨 안에서 숨 쉬고
있음을 느끼며 하루를 시작하려 합니다.

당신은 내 안에서 커다란 진실의 창으로 남아
오늘 하루가 힘들지라도 나로 인해
당신의 하루는 기쁨이었으면 좋겠습니다.

석양이 무르익어갈 즈음에
주변으론 온통 갈색의 색채로 변해가고
은은한 달빛은 살랑이며
오직 당신에게로만 비추고 있습니다.

당신의 기쁜 하루 내일도
나는 당신의 기쁨이었으면 좋겠습니다.

소중한 인연 앞에서

인연이란 것은
잡으려 해도
잡을 수 있는 것이 아니고
놓으려 해도
놓을 수 있는 것이 아닙니다.

가까이하려 해도
할 수 있는 것도 아닙니다.
멀리하려 해도
그럴 수 없는 것이 인연입니다.

살아가는 동안에
숱한 인연이 있었겠지만
당신과의 인연은
놓을 수가 없습니다.

많은 인연 중에
가장 아름답고 소중한
인연이기 때문입니다.

참으로 소중한 당신

당신이 있어
기쁨이 되는 시간들을
기억합니다.

맑은 그리움을
소중함으로 간직하고

무지갯빛 닮은 당신의
찬란함을 모두어
시를 씁니다.

참으로 아름답고
소중한 당신으로 인해
행복합니다.

내 안에 너를 담아

어느 날
나의 마음이 추워질 때
따뜻하게 감싸 안아 줄
너에게로 찾아가
차가워진 나의 마음이
너의 향기로 가득 차
따스해지고 포근해 짐에
무척이나 감사하며
내 안에
너의 따뜻함을 고이 담아
어느 날엔가 나에게 올
너를 위해
나의 온기와 사랑을 더하여
너에게로 보낸다.

그리움 그대로

좋으면 좋은 대로
스치듯 지나가는
우연 안에서
그대를 본다.

보고프면 보고픈 대로
그리우면 그리운 대로

그대의 맑고 고운
눈망울에 젖어

그대의
애틋함의 그림자는
짙어만 간다.

가슴 안에 담아 둔 사랑

그 누구도
들어올 수 없는
가슴 안에 사랑 하나
담아 두었습니다.

오직 한 사람에게만
열어 놓은 좁은 문에
어느새 당신이
들어 왔습니다.

그리고 가슴 안에
담아 둔 사랑이
떠나갈 수 없도록
마음의 문을
굳게 닫아 놓았습니다.

당신이 있어 행복합니다

하늘 햇살의 달콤함이 온 누리를 감싸 안으면
그 포근함에 겨워 하늘을 향해 두 팔을 벌리고
지그시 눈을 감으면 보고픔으로 다가오는 당신
보고 싶은 당신이 있어 행복합니다.

바다 물결의 의연함이 심해를 잠재우고
그 잔잔함에 겨워 바다 물망울을 터트리면
동그라미 파장 사이로 그리움으로 피어오르는 당신
그리운 당신이 있어 행복합니다.

향긋한 꽃 내음 향을 담아 하늘로 바다로
내 마음같이 실어 훠어얼 훠어얼 날려 보내면
어디선가 아련한 사랑을 머금고 다가온 당신
사랑하는 당신이 있어 행복합니다.

내 가슴속 깊은 곳 당신을 향한 그리움을
공존의 유희로 승화시켜 그 안에서 동침하며
내 마음 섬에 희망으로 자리 잡은 당신
내 안에 당신이 있어 행복합니다.

'진솔한 삶의 숨결'이 느껴지는 백홍수 시인의 시적 자아

- 서인석(문학평론가) -

'진솔한 삶의 숨결'이 느껴지는
백홍수 시인의 시적 자아

서인석(문학평론가)

시인의 작품들은 각기 다른 자연적, 감성적 이미지를 통해 다양한 정서와 주제를 전달하고 있다. 전반적으로 시적인 감수성과 상징성이 두드러지며, 각각의 시는 독자에게 특별한 정서를 불러일으키는 역할을 한다.

안개, 꽃비를 부르다

안개와 꽃비라는 두 개의 자연현상을 결합하여, 아련하고 몽환적인 분위기를 자아내고 '부르다'라는 동사는 특정

한 감정을 불러일으키거나 소환하는 느낌을 준다. 이로 인해 마치 어떤 애틋한 감정이 안개 속에서 희미하게 피어오르는 듯한 분위기를 전한다. 감각적이고 신비로운 느낌을 강조한 것이다.

바다로 간 갈매기

바다와 갈매기라는 자연적 이미지는 자유와 떠남, 그리고 끝없는 탐구를 상징한다. '바다로 간'이라는 구문은 이미 익숙한 곳에서 벗어나 새로운 세계로 향하는 느낌을 준다. 바다로 향한 갈매기는 무언가를 찾아 나서거나 본능에 충실한 생명체로서의 이미지를 떠올리게 한다. 자유와 여행, 그리고 자기 발견의 의미가 내포된 것이다.

비와 장미

비와 장미는 고전적이면서도 강렬한 감성을 불러일으키는 상징들이다. 비는 슬픔, 정화, 회복을, 장미는 사랑, 열정, 미를 상징한다. 이 두 요소가 함께 배치되면서 비와 장미는 강렬한 대조와 동시에 조화로움을 암시한다. 감정적 교차점에서의 아름다움과 슬픔을 표현하는 작품이다.

가을 그리움

가을은 한국 문학과 예술에서 흔히 성찰과 쓸쓸함, 그리고 지나간 시간을 떠올리게 하는 계절로 묘사된다. '그리움'이라는 단어는 가을이 가진 쓸쓸한 분위기와 잘 어울리며, 자연스레 회상과 잃어버린 것에 대한 아련한 감정을 불러일으킨다. 서정적이며, 계절적 감정의 변화를 통해 인생의 무상함을 표현하는 듯한 느낌을 준다.

좋은 사람 하나 가슴에 담아두고

인간관계와 사랑, 혹은 추억에 관한 주제를 다루고 있음을 암시한다. '좋은 사람'과 '가슴에 담아두다'라는 표현은 한 사람에 대한 깊은 애정과 그리움을 간직하고 있다. 개인적인 경험을 반추하거나, 관계의 소중함을 느끼게 하는 감동적인 표현으로, 사람 간의 정서적 유대와 사랑에 대해 탐구할 가능성이 크다.

     좋은 사람은 가슴에 담아두어도 좋습니다

(1)

봄이려나.

새벽 비와 함께 내리는
구름인가
산 너머 하늘 아래 내리고
바다 건너 저 멀리서 내린다.

잘게 부서진 가녀린
안개비가
흐드러진 들꽃에게
생기를 주고

자유로운 영혼을 주었다.

안개가 깊어지는 날에는
꽃비가 바다로 간다.

안개는

꽃비를 부른다.

백홍수 시인의 「안개, 꽃비를 부르다」는 자연과 인간의 내면적 감성을 섬세하게 엮어낸 서정시로 안개와 비, 그리고 꽃이라는 자연적 이미지를 통해 생명과 자유, 그리고 순환하는 자연의 아름다움을 노래하고 있다. 이 작품에서 안개와 꽃비는 단순한 자연현상 이상의 상징적 의미를 담고 있으며, 시 전체에 걸쳐 자연과의 깊은 교감을 표현한다.

첫 구절을 보면 자연과 인간의 교감, "봄이려나"에서 시작되는 시적 화자의 감성은, 봄이라는 계절이 주는 생명력과 그에 대한 기대감을 드러낸다. 봄은 흔히 새로운 시작과 생명의 소생을 상징하는데, 이는 이어지는 "새벽 비와 함께 내리는 / 구름인가"라는 구절을 통해 더욱 구체화된다. 새벽 비와 구름은 안개비와 연결되며 자연의 순환적인 속성을 드러낸다. 이러한 자연의 변화는 곧 인간의 내면적 변화와 상통하는데, 시인은 안개와 꽃비를 통해 자연이 인간의 영혼에 끼치는 영향을 세심하게 묘사하고 있다.

특히 "잘게 부서진 가녀린 / 안개비가 / 흐드러진 들꽃에게 / 생기를 주고 / 자유로운 영혼을 주었다"는 구절에서, 안개비는 생명의 원천으로 묘사된다. 들꽃에게 생기를 주는 안개비는 자연 속에서 피어나는 생명력을 상징하며, 이를 통해 화자는 자연이 생명의 근원임을 강조한다. 또한 '자유로운 영혼'이라는 표현을 통해 자연은 억제되지 않는 자유로운 상태를 가능하게 하며, 이는 인간의 정신적 해방을 암시한다.

마지막 부분에서 안개는 꽃비를 바다로 인도하는 역할을 한다. "안개가 깊어지는 날에는 / 꽃비가 바다로 간다"는 구절은 자연의 순환적 흐름을 나타내며, 생명이 피어나고 다시 돌아가는 과정을 상징적으로 그려낸다. 안개가 꽃비를 부른다는 마지막 구절은, 안개와 꽃비가 하나의 순환적 관계 속에서 존재함을 암시하며, 자연의 조화로움과 끊임없는 순환을 시적으로 형상화하고 있다.

백홍수 시인의 「안개, 꽃비를 부르다」는 자연의 생명력과 그 속에서 인간이 느끼는 감정의 미묘한 교감을 시적으로 그려낸 작품이다. 안개와 꽃비는 단순한 자연현상이 아니라, 생명과 자유. 순환을 상징하는 매개체로 기능하며, 시 전체에 자연과 인간의 깊은 조화와 상호작용을 담고 있다. 시인

은 자연을 통해 인간의 내면을 돌아보고, 그 안에서 자유와
생명을 발견하는 과정을 섬세하고 아름답게 묘사한다.

(2)

고요한 물빛 햇살 아래에서

물결 따라

유유히 날갯짓하는 갈매기 홀로

높은 절벽의 끝자락에서

바람을 타고

푸른 바다를 향해 날아오른다.

조용한 그림자를 드리우며

자유를 찾아 떠나는 것일까

님을 향해 떠나는 것일까

하늘과 바다가 맞닿는 그곳으로

흰 날개를 펼친다.

바람을 타고 바다로 간 갈매기

넓은 바다 하늘 높이 날아오를 제

깊은 바다의 속삭임과

바다 물결 음률에 그리움을 싣고

날아오르는 너의 길 위에

나의 마음도 실어 보낸다.

「바다로 간 갈매기」 전문

시 「바다로 간 갈매기」는 갈매기를 통해 자유와 그리움, 자연과 인간의 감정을 엮어낸 서정적 작품이다. 이 시에서 갈매기는 단순한 새가 아니라, 자유를 향한 갈망과 누군가를 향한 그리움을 상징하는 매개체로 등장한다.

시의 첫 부분은 고요하고 평화로운 풍경을 묘사하며 시작된다. "고요한 물빛 햇살 아래"에서 "유유히 날갯짓하는 갈매기"는 한적하고 차분한 분위기를 연출하며, 독자는 이 장면을 통해 자연의 정적 속에서 움직이는 생명의 모습을 느낄 수 있다. 특히, "높은 절벽의 끝자락"이라는 구질은 갈매기가 출발하는 지점이자, 자유와 모험을 향해 나아가는 임계점으로 상징된다.

두 번째 연에서는 갈매기가 "자유를 찾아 떠나는 것일까, 님을 향해 떠나는 것일까"라는 질문을 던지며, 갈매기의 여정이 단순히 자연적 행동이 아닌 심리적, 감정적 의미를 담고 있음을 드러낸다. 여기서 "자유"와 "님"이라는 대조적 이미지가 갈매기의 날갯짓에 투영되며, 이는 독자의 해석에 따라 갈매기의 행위가 두 가지 상반된 욕망을 담고 있음을 암시한다. 하늘과 바다가 맞닿는 경계는 현실과 이상, 자연과 인간의 경계처럼 보이며, 그곳을 향해 "흰 날개를 펼친다"는 것은 새로운 세계로의 도약을 의미한다.

마지막 연에서 갈매기는 "바람을 타고 바다로" 간다. 이때 바다의 "속삭임"과 "바다 물결 음률"은 자연의 조화와 그리움을 상징적으로 나타낸다. 갈매기의 비상에 "나의 마음"을 실어 보낸다는 표현은 화자가 갈매기를 통해 자신의 감정, 특히 그리움과 자유를 전하고자 하는 심리를 반영한다. 이는 자연과 인간이 서로 교감하며, 인간의 내면을 자연에 투사하는 전통적인 한국 서정시의 정서를 담고 있다.

바다로 간 갈매기는 자연과 인간의 내면적 감정을 교차시키며, 갈매기의 비상을 통해 자유, 그리움, 그리고 미지의 세계로의 향수를 표현한 작품이다. 자연의 묘사와 서정적 상징을 통해 독자에게 깊은 감정적 여운을 남긴다.

      좋은 사람은 가슴에 담아두어도 좋습니다

(3)

빗속에 장미꽃이 피었다.

언제나 붉은 열정을 드러내며

아름답게 피었구나.

비가 내릴 때마다 장미꽃 잎새로

물망울의 순수함을 간직한 채

비에 젖은 장미는

너의 아름다움으로

젖어있는 내 마음에 따뜻함을 주었다.

꽃잎에 비친 하얀 물결이

빗방울에 감싸 안아

애틋한 추억과 아련한 아픔을

함께 꽃잎에 타고 내려온다.

비가 오면 장미의 가시

꽃잎에 젖어 아픈 이를 위로하고

비를 담은 장미의 향기는

빗소리와 함께

너에게로 보내진다.

「비와 장미」 전문

「비와 장미」는 자연 속 장미꽃을 매개로 인간 감정의 깊이를 섬세하게 묘사한 작품이다. 비와 장미라는 상징적 요소를 통해 순수함, 아름다움, 그리고 아련한 슬픔과 같은 다양한 감정이 교차하는 순간을 포착하고 있다.

우선, "장미"는 전통적으로 사랑과 열정을 상징하는 꽃으로, 시 속에서는 "붉은 열정"을 드러내며 그 아름다움을 강조한다. 장미는 단순한 꽃의 이미지로 그치지 않고, 비에 젖은 모습이 화자의 마음을 따뜻하게 적시는 위로의 존재로 이는 자연의 아름다움이 인간의 감정적 치유에 미치는 영향을 표현한 부분으로 볼 수 있다.

"비"는 시에서 순수함과 함께 슬픔과 아픔을 상기시키는 역할을 한다. 비에 젖은 장미는 "애틋한 추억과 아련한 아픔"을 떠오르게 하고, 장미의 가시는 "아픈 이를 위로"하는 상징으로 변모한다. 비와 장미의 결합을 통해 사랑의 두 가지 측면, 즉 아름다움과 동시에 그 이면에 존재하는 아픔이

　좋은 사람은 가슴에 담아두어도 좋습니다

교차하는 복합적인 감정을 담아낸다.

또한, "비에 젖은 장미"와 "빗소리와 함께 너에게로 보내지는 장미의 향기"는 상실과 그리움의 정서를 강화한다. 비는 소리와 냄새를 통해 멀리 있는 "너"에게 화자의 감정을 전달하는 매개체로 작용하며, 이는 화자가 과거에 대한 그리움과 상처를 여전히 품고 있음을 암시한다.

이 시는 자연의 한 장면을 통해 깊이 있는 감정적 서사를 전개하고, 감각적 묘사를 통해 독자로 하여금 시의 정서에 몰입하게 만든다. 비와 장미의 이미지가 결합하여 한편으로는 위로와 치유를, 다른 한편으로는 슬픔과 그리움을 동시에 전달하는 점에서, 이 시는 인간 감정의 복합성을 탁월하게 담아낸 작품이라 평가할 수 있다.

(4)

마치 국화인 양 다가오는
가을 향의 하얀 구절초는
순수한 그대의 향기입니다.
새벽의 진한 안개비가

하늘의 구름을 모아오고

스치는 가을바람을 따라 그리움은
어느새 다가왔습니다.
가을은 그렇게 그리운 계절입니다.

푸르른 하늘의 고운 정기가
먼 산 중턱 가지 너머
은연한 갈색 무리를 만들어
그토록 그리운 그대를 생각나게 합니다.

포근함으로 감싸는 그리움의 가을은
이렇듯 서서히 저물어 가고 있습니다.

「가을 그리움」 전문

시 「가을 그리움」은 가을의 정서를 섬세하게 표현한 서정
시로, 자연의 이미지와 그리움을 교묘하게 결합하여 독자에
게 깊은 감동을 선사한다. 이 시는 계절 변화 속에서 느껴지
는 그리움을 정제된 언어로 담아내며, 자연과 감정의 조화

로운 상호작용을 중심으로 전개된다.

첫 연에서 시인은 가을에 피어나는 "하얀 구절초"를 통해 순수하고 고결한 이미지를 부각시키며, 이를 "그대의 향기"에 빗대어 표현하였고 구절초의 흰색은 순수함과 그리움을 상징하며, 그대에 대한 감정이 시각적이고 후각적인 이미지로 독자에게 전달된다. 자연 속에 깃든 그대의 향기는 시인이 그리워하는 대상을 상징적으로 보여주었다.

두 번째 연에서는 새벽의 "진한 안개비"와 "스치는 가을바람"을 통해 그리움이 점차 깊어지는 과정을 묘사한다. 안개비와 가을바람은 정서적인 매개체로 작용하며, 자연의 변화 속에서 그리움이 피어오르는 감정을 은유적으로 전달한다. 특히 "가을은 그렇게 그리운 계절입니다"라는 구절은 이 시의 핵심 주제를 직접적으로 드러내며, 가을이 그리움과 떼려야 뗄 수 없는 계절임을 상기시킨다.

세 번째 연에서는 먼 산의 "은연한 갈색 무리"를 통해 가을의 풍경을 묘사하며, 자연 속에서 떠오르는 그리움을 강조한다. 갈색은 가을의 색깔로, 깊은 그리움을 상징하는 동시에 자연의 변화와 시간의 흐름을 상기시킨다. "푸르른 하늘"과 "갈색 무리"의 대비는 그리움의 깊이와 그 대상에 대한 애틋함을 더욱 부각시킨다.

　마지막 연에서는 가을의 그리움이 서서히 저물어 감을 암시하며, 시간의 흐름과 감정의 변화를 차분하게 받아들이는 태도를 보인다. "포근함으로 감싸는 그리움의 가을"은 그리움이 고통스러움이 아니라 오히려 따뜻하고 포근하게 느껴지는 감정임을 시사한다. 이는 그리움이 단순한 슬픔이 아니라, 시간을 초월한 애정 어린 감정임을 보여준다.

　결론적으로, 백홍수 시인의 「가을 그리움」은 가을의 정취 속에 녹아든 그리움의 감정을 아름답고 섬세하게 표현한 작품이다. 자연의 변화와 인간의 감정을 조화롭게 엮어내며, 독자들에게 가을이라는 계절이 지닌 서정적 의미를 다시금 되새기게 한다. 시인의 차분하고 고요한 문체는 그리움의 깊이를 한층 더 강조하며, 독자의 마음속에 잔잔한 울림을 남긴다.

　(5)

봄이 되면 나무를 심듯
내 가슴에 좋은 사랑 하나
심어 놓았습니다.

따스한 햇살 아래 새싹이

방긋 살아 숨 쉬듯

가슴 안에도 사랑의 싹이 되어

당신을 향해 피어나는

사랑의 나무가 되었습니다.

당신은

나에게 좋은 사람으로 남아

세상의 꿈을 주었으니

좋은 사람 하나 가슴에 담아두고

살아가렵니다.

좋은 사람은

가슴에 담아두어도 좋습니다.

「좋은 사람 하나 가슴에 담아두고」 전문

　백홍수의 시 「좋은 사람 하나 가슴에 담아두고」는 사랑의 감정과 이를 통한 내면적 성장을 따뜻한 언어로 풀어낸 서정시다. 시인은 자연의 순환과 생명을 비유로 사용해, 사랑이 마치 봄에 나무를 심고 그것이 자라나는 것처럼 가슴 속에서 피어나는 생명력 있는 존재로 묘사하고 있다. 사랑을 하나의 나무에 비유한 것은 그 자체로 지속적이고 성장하는, 생명력 있는 감정임을 강조하며, 사랑이란 일시적이지 않고 가슴 속에 뿌리를 내리고 자라는 것임을 상징적으로 보여준다.

첫 연에서 "봄이 되면 나무를 심듯"이란 구절은 자연스럽게 새로운 시작과 희망을 연상시키며, 사랑을 가슴에 심는다는 행위는 단순한 감정 이상의 의미를 지닌다. 이는 그 사랑이 단순히 스쳐 지나가는 것이 아니라, 마음속에서 지속적으로 자라나는 생명체처럼 가꾸어진다는 의미로 해석될 수 있다. 또한, "따스한 햇살 아래 새싹이 방긋 살아 숨 쉬듯"이라는 구절은 자연과의 조화 속에서 사랑이 자라나는 모습을 시각적으로도 생동감 있게 표현한다.

중반부에서 사랑의 대상이 된 '당신'은 단순한 연애의 상징을 넘어서, 시인에게 삶의 의미와 꿈을 주는 중요한 존재로 그려진다. 이는 시인의 삶에 있어 '당신'의 존재가 단순한 감정적 애착을 넘어, 삶의 방향을 제시하는 등대와 같은 역할을 하고 있음을 시사한다.

마지막 연에서 '좋은 사람'은 가슴에 담아두어도 좋다는

 좋은 사람은 가슴에 담아두어도 좋습니다

구절은 사랑이 무겁거나 짐이 되는 것이 아닌, 가슴 속에서 오랜 시간 품어도 그 존재가 지속적으로 기쁨과 위로가 된다는 메시지를 전한다. 이는 사랑의 영속성, 그리고 그로 인한 내적 충만감을 강조하는 부분이다.

전체적으로 이 시는 사랑이 주는 감정의 순수성과 그로 인해 심리적, 영적 성장이 가능함을 담담하게 표현하고 있다. 언어는 간결하지만, 그 안에 담긴 감정과 의미는 깊고 풍부하다. 사랑이라는 보편적 주제를 다루고 있지만, 그 표현 방식은 자연과의 상호작용을 통해 새로운 시각을 제공하며, 독자에게 따뜻한 감동을 선사한다.